ديوان

عهود الحب

د. جُمان الريحاني

إهداء..

عهود الحب إلى الحب

وإلى كل حبيب وعاشق

جمان الريحاني

عهد الحب

العزيز

بالنسبة لي كلمة أحبك هي شعور مقدس

وقد استغرقت مني حياة

وعمرا

لكي أكتبها لك

كلمة أحبك هي شفافية القلب والروح

تجعل الإنسان شفافا ليظهر ما بداخله

إنها التجرد من كل الظروف

التجرد من كل الأمور الدنيوية

كلمة أحبك

تكرارها لا يقلل من قيمتها

بل إن تكرار قولها هو وفاء بالعهد

عهد الحب

وتجديد لنذور القلب

فعندما نسمع دقات القلب

مرارا

وتكرارا

لا نملها

بل هي دليل على حياة القلب

وكلمة أحبك

تكرارها

دليل على حياة الحب

كلمة أحبك

هي شعور مقدس

وأنا أعتز بمشاعري لك

وأفتخر بها

وأحبها

إنها مشاعر طاهرة

ونقية ومقدسة

لطيفة وبريئة

وكأنها من الجنة

أو من عالم آخر

لا علاقة لها بالبشر

ويرافقها صبر جميل

أيها الحبيب

يا حبيب هذا القلب

أنا أحب حبنا

أحب حبي لك

أحب حبك الذي يخبرني به قلبي

قلبك الذي في صدري

أحب اللامنطق في حبنا

والجنون

أحب هذا الحب اللامعقول ل

ا أعرف لماذا هو لامعقول

ربما لأننا لسنا معا

أحب حبنا

رغم أنه غير مكتمل

ومجهول المستقبل

وحتى التنهدات على كلمة المستقبل

هي ذكرى سوف أحتفظ بها

أحب رسائل الحب هذه

ذات الاتجاه الواحد

أحبك فأنت كالحجر الكريم

رغم قسوتك إلا أنك جميل

وتجذبني

أحب حنانك في أحلامي

كما كنت البارحة في حلمي

حنونا ورؤوفا

وتحبني

أحب الأمل في حبنا وإن كان صغيرا

أحب التفاؤل ولا أريد أن ننفصل

لا أريد أن نفترق

أريد أن نسير في طريق معا

أريد أن نلتقي في الحياة

كما التقت أرواحنا

حضن الحب

حبيبي..

هل

تعلم

أنني

أحبك؟

أحبك يا حبيبي رغم صعوبة هذا الحب

أحب حبك بجميله وعذابه

فعذابه شوق

وقوة عشق

ونار وله

وأمل صعب في اللقاء

أحبك يا ..

عشقي لك مليء بالشوق الملتهب

شوق مشتعل

وناره تلسع بلا رحمة

أحبك

وأخاف أن أموت شوقا

أخاف أن أموت دون أن نلتقي

فيرافقني شوقي لك حتى في موتي

والحياة الأخرى

هذا الشوق يعذبني

وأخاف أن يقتلني

أريد حضنا دافئا

فهل هناك حضن لحبيبتك؟

القلب ونبضه

يا نبض قلبي أريد أن أموت فيك

لا أن أموت بدونك

يا نبض قلبي أريد أن أموت بالقرب منك

لا أن أموت في البعد عنك

يا نبض قلبي أريد أن أموت حبا

لا أن أموت شوقا

يا نبض قلبي أنا أحبك حد الموت

والعشق موت في ثوب حياة

والشوق موت ببطء حتى الممات

يا نبض قلبي أنت العشق

والشوق

والموت والحياة

أيها الحلم الجميل

حبيبي

عشقي أريد حقا لو نلتقي

عشقي أنا أحلم

نعم أحلم بنا بلقاء يجمعنا

وحديث نستمتع به

أحلم بأن نتحدث في مواضيع بسيطة

يعتبرها البشر مواضيع عادية

ولكن نحن نستمتع بها

أسمعك وتسمعني

أراك وتراني

أحس بجلستنا وتحس بها أنت

في وضح النهار

أو على ضوء القمر

والنجوم المتلألئة

في بر

أو على شاطئ بحر

لا تقلق أنا لا ألومك على شيء

إنني فقط أتمنى على القدر

والقدر

أحيانا يكون كريما

من يدري؟

ولا تستغرب

ولا تنزعج من كلامي

إنها مجرد أمنيات

وأحلام

في كلامي

فأنا فتاة حالمة

فتاتك ها هنا حالمة وتتمناك

أيها الحلم الجميل

يا حلم اليقظة وعمق الليل

أيها الحلم كضيف لا نحب فراقه

وعندما أصحو أتأسف لأنني صحوت

وأحاول الرجوع إلى النوم

إلى ذلك الحلم بالذات

وأغطي نفسي

وأختبئ تحت اللحاف

كطفلة صغيرة تعلقت بطفولتها

ولا ترغب أن تفارق الحضن الذي يحميها

أحبك يا عشقي

يا حضني

وأماني

يا خافقي

يا خافقي

يا قلبي

يا حبيبي

هل تعلم كم أحبك؟

هل تعلم مقدار عشقي لك؟

هل تعلم كم هو شوقي إليك؟

يا خافقي

هل ترى كم هذا العالم كبير وواسع؟

إنه ضيق على قلبي

أشعر بالضيق

أشعر بالوحدة

يا خافقي

أشعر بالشوق

أشعر بالبرد من دونك

و الجليد يلسع

نار الشوق تحرق جوفي

وجسدي

أشتاقك ليلا

والناس نيام

أشتاقك نهارا

وكل مشغول في حياته

فما معنى حياتي بدونك؟

يا كمالي

واكتمالي

أنا من دونك لست مكتملة

يا خافقي

أنا جزء منك

وروحي من روحك

مع حبي

وقبلة عشق مشتعلة الشوق

تصبح على حب يا حب

يا حب

حبيبي إذا النوم أخذ عيني أريد أن أقول :

تصبح على حب يا حب

أحبك كل يوم أكثر

فأكثر

ويصير حبك أعمق

وأعمق

يتغلغل فيّ

ويسكن في كل خلية

ويغلي في دمائي

أحبك بقوة

بقوة

بقوة

يا عشقي المشتعل

أتمنى لو أنام على كتفك

ولا أصحا أبدا

حضنك يمدني بالدفء والحرارة

أحبك حتى الموت

حد الموت

أموت في حبك

من الشوق

ويرجع عشقك

لكي يحييني

عذابي..

الغالي والعزيز

أنت عزيز رغم كل الظروف

عزيزي

أنا متعبة جدا

وحق الله

أنا لا استطيع أن أتحمل

الحمل كبير

ولا اعرف ما السبيل

لكي أحمله لوحدي

فما السبيل؟

روحي معذبة

وقلبي كأنه مكسور

قلبي إنعصر من الحزن

طول اليوم

وأنا في نزاع مع نفسي

قلبي له كلام

والدنيا لها كلام

والظروف والحال

وكل شيء

كأن يدي مكتوفة

وفي عيوني دمعة ولهفة

أنا متعبة

عندما أشكي للأوراق اعرف أنها لن تساعدني

ولا ترد على أسئلتي

وأنا الآن أكتب

واعرف أنه لن يرد على كتاباتي أحد

لكن

هذا الأمر

ليس بيدي

عندما أرسل

الأمر ليس بيدي

وعندما لا أرسل

الأمر أيضا ليس بيدي

كل شيء ضدي

أنا متعبة

ومخنوقة

ليتني استطيع أن أقتل نفسي

وأتخلص من عذابي

لكن حبي ليك يمنعني

لا اعرف لماذا

ولكنني اشعر بأنني أعيش لأجلك

لأجلك وأنت بعيد عني

أنت بعيد

لا اعرف السبب وراء شعوري هذا

ولكن انه هكذا

هل هو صحيح

لا اعرف

لما اشعر هكذا

لا اعرف

ربما صحيح

وربما لا

ولكن

يمكن

فماذا بعد؟

الغالي

أنا منذ ليلة البارحة لم أذق طعم النوم

ألم أخبرك البارحة أنني نعسانة

لا

لقد طار النعاس

فجأة

وبقيت جالسة

أفكر

وأفكر

وأعيد ترتيب كل الأمور

حتى أنني كنت صاحية

وقت أن كان يجب أن أرسل لك رسالة

لأقول لك:

صباح الخير

ولم أفعل

لأنني لم أستطع كتابتها

لا أستطيع أن أقول عكس ما أفكر

وأنا كنت في حيرة

لم أعد أعرف

هل أنا في طريق صحيح؟

هل أنا على صواب؟

أو أنني أعاني

لوحدي

وأن لا أحد يهتم

سابقا

وفي وقت مضى

كنت أراك

وأقول

هل يجب أن يعلم بوجودي؟

وقلبي

كان يصر

على أن أقوم أنا بخطوة ما

أما الآن

أنت تعرفني

أكثر من أي شخص

في هذا العالم

تعرف روحي

التي تسكن عندك

وتعرف قلبي

الذي تملكه

وتعرف كل مشاعري

التي وصفتها لك مرارا

وتعرف قلبك

وإحساسك

فماذا بعد؟

بقيت اربعة أيام ويحل عيد ميلاد رسالتي الأولى

التي أرسلتها لك

وقد أصبح عمرها شهران

لو أرسلتها بالبريد العادي

لكانت قد جابت العالم

وعادت بالجواب ..

وإلا إذا كانت قد أخطأت العنوان

كانت أيضا لعادت

على العموم لا تهتم

ولا تبالي

وأنا لا ألومك

ولا ألوم أي أحد في هذا الكون

قد تكون مشاغلك

وقد تكون ظروفك

وقد تكون حياتك

وما فيها من أمور مهمة

أو أهم

وقد يكون القدر

وهذا الأخير

أنا أعرفه جيدا

وأعرف ما هو قادر عليه

قد يفاجئنا القدر بالأمور الجيدة

وقد يفاجئنا بغير ذلك

أيها الغالي

أنا لا أطلب منك شيئا

ولا حتى ردا

ولا رسالة

ولكن..

أين أنت؟

أنا أعيش في حيرة

وأتساءل كثيرا

هل أنت حقا موجود أم أنك من صنع خيالي؟

هل أنا حقا موجودة أم أنني مجرد روح تائهة؟

أظن أن روحي خلقت من روحك

لذا هي تائهة بدونك

وبعيدا عنك

أظن أنه لا يوجد لي مكان

في هذا العالم

قلبي يؤلمني فعلا

معصور جدا

ويؤلمني

فيه وخزة تؤلمني جدا

لا أعرف

كيف أشرح لك

ولكن قلبي مريض

ويعاني

أين أنت؟

خذ بيدي

أتمنى لو تأخذ بيدي

الحب مؤلم

والوحدة قاتلة

والبرد من كل الاتجاهات

والبشر مخيفون

وأنا وحيدة وحزينة

وأحبك

قارب الحب

قارب الحب

لا يحمل شخصا واحدا

بل يحمل شخصان

قلبان

وبحر الغرام

لا يرحم الغريق الواحد

و لا في بحر الغرام

سأستطيع السباحة

والنجاة

ولا في القارب

سأعرف النجاة

ولا الاتجاه

أنا لا أحس بالاتجاه الصحيح

ولا أعرف التجديف

ولا يمكنني النجاة

لوحدي

أنا لست قوية

بل هشة

وضعيفة

وقد أرهقني الهجر

والحب الذي قد كان النور في حياتي

الحزن يأتي من الوحدة

صمتك قاتل

أحس كأنني قتيلتك

كنت قتيلة حب وعشق

واليوم

أنا قتيلة صمت

وهجر

ووحدة

قتيلة حزن وآلم

حب قاتل

رغم أن حبك قاتل

إلا أنني أحبك

رغم أن الهجر قاتل

إلا أنني أحاول الصمود

لا أعرف كيف ولا لماذا؟

ولكن

أنا احبك

أحبك بقوة

درجة العشق هذه تمنحني القوة

أحيانا

والشوق

يجعلني أفكر فيك

كل الوقت

ليلا ونهارا

أحيانا

أنا لا أنام أبدا

وأحيانا خلال النهار

أهرب من الناس

فقط

لكي أختلي بنفسي

لأصبح وحدي

فأبتعد عن كل الناس

لكي أفكر فيك

ولا يشتت تفكيري أحد

أنا يا .. متعبة

ديوان ورواية

أنا حزينة ..

منذ مدة طويلة

لم أشعر بالسعادة

كتبتك قصيدة

وديوانا

ورواية

وقد كنت أبكي كثيرا

عندما كنت اكتب عنك

والدموع

أحيانا

لم تكن تتوقف أبدا

أنا لحد اليوم

كلما أخذت ما كتبته عنك

وقرأت حروفي

أبكي كثيرا

وأحيانا بشدة

ألوان القدر

لقد كان قراري

أن يكون قدري بلا ألوان

وإحساسي كان هكذا

وكنت أتمنى أن تلونه أنت

وتلون حياتي

كلها

بوجودك

ثم لا أعرف

كيف فجأة

تحول القدر وأصبح بالألوان

الألوان تبث السعادة

فهل هي تبثها في قلبك؟

أنت ألوان قوس قزح

وأنت المطر الذي أحبه

أنت معنى الحياة بالنسبة لي

لا أعرف كيف

ولكن هو قلبي

يقول هذا الكلام

رسائل الحب

حبيبي

هل تعتقد بأن هذه الرسائل سوف تدوم إلى الأبد؟

أنا لا أعرف

ما أعرفه

هو أن حبي لك سوف يدوم إلى الأبد

أما الرسائل فلا أعلم

حبيبي

هل تعلم بأنني أحيانا أكتب لك رسائل

ولا أرسلها

رسائل شوق عاشقة

ولا أستطيع إرسالها

رسائل لا أرى أنه يجوز إرسالها

رسائل عشق أستحي من إرسالها

ولكن لا أقاوم نفسي فأكتبها

رسائل أخرى

أكتبها في لحظة زعل وضعف

وأخاف أن تزعل من الكلام فيها

أو تفهم كلمة ما بشكل خاطئ

ورسائل غضب لا تكاد تتنفس عني

ولكن أخاف أن تجرحك دون قصد مني

ورسائل أحلام وأمنيات

لا أقدر أن أصارحك بها

ورسائل بسيطة

قد تحمل كلمة أو جملة

مثل :

" يا ليتنا التقينا "

أو

" في هذه اللحظة أنا تذكرت كلمة منك "

أو

"أغنية "

أو

" أحبك "

" اشتقت لك"

أنت حبيبي

وأنا أحبك حتى نهاية عمري

وحياتي

قلبي ينبض بشكل مختلف

حين أفكر فيك

وهذا أغلب الوقت

وأحيانا

عندما أشتاق إليك كثيرا في الليل

أكاد أسمعه عاليا بصوت عالي

وأحيانا أعتقد أنه سينفجر

لا أعلم أنا

متوترة الآن

أنا لك

كما الطبيعة موجودة بدون أن نطلب منها

أنا موجودة لك

بدون أن تقول شيئا

وكذلك هو حبي لك

كما هي الطبيعة سخية

بجمالها

هو حبي جميل لك

ولا يمكن قتل جماله

حبي لك جميل بك

كما هي الأرض خيرة

وخيراتها مجانية

كذلك هو حبي لك

لا ينتظر مقابلا

ولا حتى كلمة منك

أحبك بقوة

أحبك بشدة

أحبك بشكل جميل

وبصبر

أحبك اليوم

وغدا

وإلى الأبد

أريدك حضنا

حبيبي أحبك

وكأن الحب نفس

نستنشقه

مع نسمات الفجر النقية

وكأن الحب همسة

بل همسات في عمق الليل

وكأن الحب حضن دافئ

وجميل

ونحبه

ونتمنى أن يدوم إلى الأبد

أنت كل المعاني

التي أدركتها للحب

والتي لم أدركها بعد

حبيبي

يا حب يا جنتي

أريد قبلة لي

وحضنا دافئا لأنام

عيوني مغمضة

وأنا نصف غافية

تصبح على خير وحب

كوب قهوة

كلما أخذت كوب القهوة

تذكرتك

بقوة رغم أنني

لا أنسى للحظة

حتى أتذكر

ولكن قهوتي

توقظ فيا حنيني

وقوة شوق فيها

تعتريني

كأنها سر عجيب

أتمنى لو نجلس سويا

لنشرب كوب قهوة

وأسمع أحاديثك

وأستمتع بالاثنين

بحديثك وبالقهوة

معك

أحبك أكثر

أحبك

أحبك اليوم

أكثر

نعم كل يوم أحبك

أكثر

قلبي يعيش على حبك

وينبض بك

أحبك

كل يوم

وكل لحظة

وبكل نبضة

أحبك

أحبك بقوة وعمق

مشوار الحب

يا حبيبي

أيها الغرام

والحب

والقلب

والنبض

والروح التي تحبك

وهي منك

أنا أعلم ذلك

روحي هي جزء من روحك

روحي تنتمي إليك وتسكن عندك

هل تعلم أن مشوار الحب هذا صعب؟

وأنني أعاني في كل خطوة إليك

ورغم الصعاب أنا أحاول الصمود

ولو كانت الخطوات إليك دامية

وجارحة

ولو كان الطريق ملغما بالجمر

فإني أفعلها

بدون أن أحسب للمسافة حساب

ودون أن أفكر في صعوبة الطريق

على جسدي

ولو جرحت رجليا

ولو نال مني التعب

ولو سهرت وبكيت

حبيبي إنها روحي

أقوى من جسدي

وقلبي يؤمن بك

هذا هو كل الأمر

أنا رهينة هذا الحال

مغلوبة على أمري

أحبك

ولا أتضايق

إلا من هجر يقسو عليا

ويحطم نفسي

أحيانا

ولكن حبك أقوى

والله أعلم

قوة حبي

هي قوة وهبت لي

وأنا ممتنة على هذا الحب

وقوة العشق فيه

والشوق أحيانا ينال مني

أحبك يا ..

ومشتاقة دائما

وكأن الشوق يصبح أكبر

وأقوى كل يوم

أنت لا تكاد تفارق تفكيري

وخيالي

وأحلامي طوال الوقت

أنت جزء مني

لا أنسى للحظة

لكي أتذكرك

بل دائما

أنت حاضر معي

لحظات سعادة

أكتب لك هذه الكلمات

وأنا أنظر للسماء..

التي تبدو وكأنها حزينة

رغم جمالها

والجو بارد

رغم لطافته

هل تعلم مدى سعادتي بلحظات أعيشها معك؟

من خلال كلمة أو صورة

ما أجمل أن أحس بك وبحبك

أنت تعلم أن هذا القلب يخبرني عنك

أحيانا

وأحيانا يتشبه بك

فيلتزم الصمت

أظن قلبي الذي هو ملكك

هو تربيتك

ويشبهك

كأنه نسخة منك

قبل أسبوع

حوالي الأسبوع

كنت أسمعك تتكلم

وكثيرا

وأسمعك تقول لي كلاما

وكلاما

لو تدري مدى روعة ذلك الإحساس

حين أسمعك

وأحس بك

ثم تأتي نوبات الزعل

فلا تكلمني

ولا أنا أسمعك

وبعدها نتصافى

وترجع المياه إلى مجاريها

حبيبي إشتقت لك

ولصوتك

ولكلامك لي

كلامك الخاص لي

والموجه لي

ودون أن يسمعه

غيري

حروفك ..

هل حقا أنت كنت تكلمني؟

والرياح هي من كانت تحمل لي كلامك

وصوتك

وهمسك

أم أنه قلبي

يصبرني

بجميل كلامك

وهو من يسمعك

لماذا لم تمطر السحب الكريمة حروفك عليا منذ أيام؟

إشتاق هذا الجسد لكلماتك

التي تنزل كمطر

عليه

فتروي ظمأه

وتسقي العروق

تبلل شعري

ووجهي

تغسل أفكار البعد

وتذهب الحزن

وتلبسني كثوب من جميل

حروفك

وألحان صوتك العذب

أرسل لك مع الرياح ذاتها

والتي تتجه شرقا فغربا

أرسل لك قبلات كعدد حبات رمال الصحراء

قبلاتي

تحرسها جنيات الصحراء

ولا تخطئ العنوان أبدا

استقبل قبلاتي لك

من الجنيات

ولا تطل النظر إليهن

لكي لا يقعن في غرامك.. حبيبي

فرسالتهن إيصال القبل لا غير

يا خافقي

يا عهدي وحبيبي ..

يا خافقي هل تراك كما أشتاقك تشتاقني ؟

عهدي أشتاق لك وأحبك بعمق عميق وبقوة كبيرة ..

أحبك بآلام وأحزان يا فرحي في داخلي ويا مهجتي..

يا حبيبي

يا مقيما بين ضلوعي

يا عهدي.. يا قمري يازينة ليلي وسهري ..

عهدي يا حبيبي وقدري ..

عهدي ليتك تحتل كياني يا من تتوسط وجداني ..

ليتك تستوطن حياتي يا من تملك قلبي وأنفاسي ..

عهدي رفعت لك راية استسلامي ..

يا مقيما بين ضلوعي ..

عهدي يا ضوء شموعي ..

عهدي لو تدري عن وضعي وحرارة دموعي ..

عهدي أحبك ..

وأحيانا يهرب الكلام مني ..

ليتني أراك ..

ليتك بالقرب مني فهل نكتفي حينها بنظرة عين ..

أحبك بكلام وصمت أحبك وكفى ..

صباحك أنا

يا عهدي صباح الحب يا حب ..

صباح الورد والفل حبيبي ..

ياريت صباحك أنا

يا صباح الشوق يا عهدي الهنا ..

عهدي قلبي يدق بسرعة ولا أعرف لماذا ..

صحوت هكذا ..

قد يكون شوقا أو عشقا أو لهفة ..

لا أعرف ..

عهدي وعيوني نصف المغمضة تشتاق لك ..

ويدي تكتب وترتجف ولا أعرف لماذا ليس بردا ولكن

قد تكون حمى تكسوني ..

عهدي وحبيبي أحبك ولا يسعني فعل شيء ..

كل ما أستطيع فعله هو أن أخبرك بمدى حبي لك

وشوقي القاتل يا قاتلي ..

عهدي أحبك وأشتاق لك ..

ياعهدي يا عشقي وغرامي أرسل لك قبلات في هذا

الصباح لا أعرف عددها ولكن قلبي هو من يطبعها ..

قبلات شوق صباحية ..

مع كل قبلة أحبك ..

شمس زماني

ياعهدي يا شروق الشمس هذا الصباح ..

عهدي.. حبيبي ..

يا شمسي وصباحي و شمس كل أيامي ..

يا شمس زماني وشمس دنيايا ..

أحبك ..

جنة أزهار

عهدي .. حبيبي يا نور عيني ..

إشتقت للكلام معك ..

إشتقت للكتابة لك

يا عهدي يا شمسي وقمري يا قلبي وقدري ..

عهدي هل أنت تتعب في الرياضة ؟

أقصد الجهد العضلي والبدني وأيضا الجهد الفكري ..

حبيبي أتمنى لك الراحة وكل الراحة ..

أهديك الكثير الكثير من القبل كجنة أزهار كلها لك ..

من أجل الجهد الذي تبذله قبلات تعوض الجهد

وتمسح التعب ..

حبيبي كن سالما دائما ..

أحبك ..

كلام القلوب

عهدي.. حبيبي مشتاقة لك ..

وأحبك ..

عهدي أنت في كل تفاصيل يومي أراك أمامي وابتسم
أحيانا فيستغرب من هم حولي وأنا لا أهتم ..

عهدي وغرامي قلبي يثق بك ويكلمني كثيرا عنك ..
عهدي هل قلبك يكلمك؟

هل تسمع كلام القلوب ؟

ولكن أنا أكلمك وأخبرك بكل مافي خلدي ..

أما أنا فقلبي هو من ينوب عنك في الكلام ..

قلب ..

قلب مجنون

ويحبك وبجنون

يتعبني أحيانا ويغلبني كثيرا لصالحك ..

أنت وقلبي والزمان عليا ..

أحبك ..

قبلة على الجبين

عهدي وحبيبي ..

لا نحتاج سببا لكي نعتني بمن نحب ..

ياعهدي أنا بعيدة لكي أعتني بك ..

ليتني بالقرب منك وإلى جانبك ..

لكن لدي رجاء خاص وهو أن تعتني بنفسك ..

أرسل لك قبلة على الجبين وبعض قبل أخرى من أجل العناية بنفسك يا حبيبي ..

أحبك ..

الحب لك في قلبي

عهدي.. حبيبي ..

أحبك وقلبي مليء بحبك ..

وقلبي ينبض بك ..

وقلبي هو قلب في صدري لك ..

أحبك بثقة وثبات ..

أحبك وأثق فيك ..

أحبك إلى الأبد ..

وأدعو الله أن يكون القدر رحيما وأن يرفق بي
الزمان..

أريد الرأفة والرحمة من الزمن والقدر ورب السماوات
خالقها ومن ألقى الحب لك في قلبي ..

أحبك والدموع الصادقة هي من تدعو وتنظر إلى السماء ..

هذا المساء ..

أحبك يا عهدي يا من جعلتني أزهد في الدنيا ومناسباتها فأصبحت أنت لي المناسبات الدينية والوطنية ..

أنت كل أعيادي وأفراحي وأحزاني وآلامي ياعهدي.. يا قلبي ويا وطني ..

الناس يجتمعون وأن أخلو بنفسي وأشعل الشموع لوحدي

وأتأمل السماء والناس يبهرجون السماء بالألوان والأضواء ..

أنت يا عهدي كل الناس والدنيا بالنسبة لي ..

أحبك ..

أفتقدك

عهدي حبيبي ..

عمري وحياتي ..

عهدي صباح الخير ..

صباح الحب يا حب . . ..

عهدي أنا مشتاقة لك

وأفتقدك .

أحبك ..

بحار البعد والهجران

عهدي...

عهدي ..

لقد إفتقدتك كثيرا هذا الصباح ..

إفتقدت صباح الخير منك ..

إشتقت كثيرا لكثير من التفاصيل وأحيانا لا أعلم إن
كان لي حق حتى في الإشتياق ..

عهدي هل تتذكرني في تفاصيل أيامك أم أنك مشغول..

مشغول حتى تفكيرك مشغول؟

عهدي أتمنى لو أنني أعرف مكانتي ومكاني عندك
وفي قلبك ..

أتمنى وأحلم ..

وأحلم وأتمنى ..

فتاتك حالمة دائمة التمني ..

وأحيانا أرى أحلامي تتحطم على صخور الشواطئ بلا رحمة ..

وكذلك أمنياتي تجرفها الموجات وتغرقها في بحار البعد والهجران ..

آه لو تعلم يا عهدي معاناة قلبي ..

أنت تعلم أنني أستمد طاقة حبي من إيمان قلبي بك وكلامه عنك ولكن أحيانا يتعب هذا القلب وينعصر وتضطرب دقاته وأحيانا يلتزم الصمت فأجدني وحيدة بدونك وبلا قلب ..

عهدي فتاتك ها هنا أتعبها البعد والحيرة وضايقها الزمان والناس ..

وطني وانتمائي

عهدي أحيانا أتساءل لما كل هذا الحرمان ؟

نعم بعد وهجر وصمت ..

عهدي حبيبي أيها الحبيب الذي يهجر بالبدن واللسان..

بالحرف والرسالة ..

وعدتك بعدم السؤال ..

فهل أسأل وأطرح السؤال ..

أم أكتفي بألمي وحزني ودمعي

أيام مرت وليالي صعبة وحبي لك كل يوم أقوى ..

هل هو قدر أم ماذا ؟

عجيب حال قلبي كما هو عجيب حال الزمان
والإنسان..

حبيبي ليتك هنا أنا ضعيفة بدونك ..

يا قوتي وحمايتي ..

يا أماني وسلامي الداخلي ..

يا وطني وانتمائي

يا إيماني وإيمان قلبي ..

يا انعكاس الحب في عيوني ..

يا رمز الحياة ..

يا كل وجودي وسبب وجودي ..

بين ذراعيك

عهدي حبيبي مشاعري وأحاسيسي ..

عاطفتي وحنيني ..

عهدي لو تدري كم أنا مشتاقة إليك الآن ..

أشعر بنعاس شديد وأريد أن أنام في حضنك ..

أشعر بتعب ولا أريد أن أصحو منك ولا من حضنك ..

أتمنى الموت فيك وبين ذراعيك لعلي أجد السكينة
والراحة ..

أشعر بتعب شديد وينتابني شوق شديد شديد ,.

عهدي أحبك فهل تدري بقدر هذا الحب لك في قلبي..

إن حبي لك كل يوم يزيد ويصبح أقوى ..

أحيانا أظن بأن قلبي قد لا يتحمل ولكن أكتشف بأنه

يعيش على حبك ..

قلبي هو لك قلب لك في صدري ..

عهدي أحبك وأشعر بالأمان حولك وكأنك حولي ..

وكأنك حقا تحميني وكأن حبك يلفني ويغطيني ..

أتمنى أنك تحس بمثل هذا الشعور الجميل إحساس

بالأمان والانتماء والقلب مليء ويحس بالرضا ..

أحبك وأتمنى لك كل الخير ..

تصبح على خير ..

عهدي حبيبي تصبح على حب يا حب ..

أمطار الحيرة

عهدي كلما خيمت سحب البعاد ..

أحسست بالحزن وقسوة العباد ..

كلما خيمت تلك السحب على سمائي ..

أمطرت حيرة وأيقظت أحزاني ..

تجرفني سيول الجفاء وتحاول تهديم كوخ الرجاء ..

فلا يكون سبيل أمامي إلا بحور البكاء ..

أكتب حروفا بيميني وأحمل منديلا بشمالي ..

مناديل طرّزْتُ عليها حروف اسمك بخيوط الصبر
وأمل اللقاء ..

كلما حلّت ظُلْمةُ الهجر سارعت لإشعال شموع الحب
وجلست في نورها خوفا من ظلام فخ الجفاء ..

عهدي.. حبيبي أملي والرجاء ..

أحبك بإبتسامتي وحَرِّ البكاء ..

أنت داخل قلبي مستقر

جالسة أسرح شعري ..

أخذت المشط من على التسريحة فإذا بي أراك بجانبي في المرآة أمامي ..

إلتفت فإذا بك غير موجود في الغرفة كلها ..

بحثت وبحثت ولم أجدك ..

ثم شعرت بدقات قلبي تتسارع وتصدر صوتا عاليا فإذا بك في داخل قلبي مستقر ومنك لي لا مفر ..

أحبك ..

يا عهدي

يا عهدي

يا عهدي وحبيبي أتُرَاك تدري كم أحبك ؟ ..

يا ليتني

عهدي.. حبيبي أحبك ثم أحبك ثم أحبك .....

ثم أحبك ..

وأشتاق إليك كثيرا ..

مشتاقة لك دوما وأبدا ..

قلبي يشتاق إليك ..

ليتني أراك وأسمعك ..

ليتني بقربك وإلى جانبك ..

ليتني ...

وليتني ...

ويا ليتني ...

عسل حياتي

عهدي وحبيبي ..

مساء السكر يا سكر المساء ..

عهدي.. حبيبي يا عسل كل أنواع الأزهار في الحدائق
والبساتين يا عسل حياتي ومعناها ..

حبيبي أدري تأخرت عليك ..

من إمبارح والأوضاع مش مضبوطة أتمنى لو أرتمي
في حضنك الدافي يا حضن الدفا عشان أنسى كل
التعب ..

عهدي من بعدي عنك كنت بين مريضة وتعبانة وأنا
واقفة وجالسة كأنني منيحة اللي يشوفني ما يعرف إني
تعبانة من جواتي أحيانا أكاد أسقط طريحة الفراش ..

أريد أن أنام نوما عميقا ولكن وأنت تحيطني بذراعيك وتحميني ..

عهدي أحب نظرتك لتلك الفرس (أو حصان) نظرتك لها تحمل الكثير من المعاني وكذلك أحب إحساسك بالغزالة الصغيرة التي كنت تحملها في إحدى الصور..

جميلة هي والأجمل منها أنت وإحساسك الحنون والطيب ..

يا عهدي هل تعلم.. أنا أحبك ..

أحبك كثيرا كثيرا ..

عهدي اعتني بنفسك رجاء فأنت حبيبي وتهمني ..

عندما أتعب أقول في نفسي من لي غير عهدي ليهتم بي فأشتاق عناقا وحضنا ..

وأقول من لعهدي غيري لأهتم بك ..

ليتني قربك يا عهدي لأعتني بك وأهتم بك ..

عهدي هذه مشاعري وهي بسيطة بريئة وصادقة
ونيتها صافية ..

أنا لم أعد أعمل رقابة وكنترول على مشاعري تجاهك
إلا بعض الكلمات والمواضيع التي أحرص على عدم
تكرار ذكرها لك أمور قد ذكرتها أحيانا ولازالت
تراودني في بعض الليالي ولكني أحاول أن لا أتطرق
إليها ..

فتقبل كل مشاعري ببساطة ونية بريئة وإن كانت
بسيطة للغاية ..

أنا كما أتمنى أن تقول لي أحيانا أقول لك وأحيانا بعض
الكلام يمليه عليا قلبي قلبك هذا الذي هنا في صدري ..

حبي الأزلي

عهدي.. حبيبي ..

يا حبي الأزلي حبي الأبدي ..

يا نعمة السماء ..

يا هدية من الله ..

يا معنى نبض القلب ..

عهدي يا سكر قهوتي صباح السكر ..

عهدي قلبي يرفرف هذا الصباح وكأنه يرغب
بالطيران إليك ..

وينبض بقوة وصوت عالٍ ..

احترت في هذا القلب

هذا القلب الذي لا أستطيع إلا أن أخضع له ..

أحبك يا عهدي وعهود الحب

أحبك بقلبي

ونبضي في كل لحظة وثانية ..

قبلة على خدك

عهدي.. حبيبي ليتك هنا أمام عيوني يا عيوني ونظرها..

ليتك هنا كما أنت في قلبي ليتك أمام هذه العيون المتلهفة لك ..

عهدي ليتني عصفورة أطير في سماء الحب لأصل إليك وأحط على كتفك حبيبي وأغني لك في أذنك كلمات حب وتضع يدك الطاهرة على رأسي ..

عصفورتك تحبك وتتمنى لو ترفرف بجناحيها عاليا إليك وترسم قبلة على خدك يا خدك حبيبي ..

أحبك .. جمانك ..

جمينتك ..

حبيبتك ..

لي لهفة وله

عهدي حبيبي لو تدري عن حنيني ..

لي لهفة وله ..

كلما رأيتك في المنام صحوت من نومي مشتاقة بقوة لك وأتمنى لو أنك حقيقة موجود معي

وأتمنى لو أنني ما صحوت من حلمي ..

أحاول العودة للنوم ولكن لا أنام

فأغمض عيوني وأجدك هنا كأنك حقا موجود ..

ولكن بعض الرغبات والأمنيات لا تتحقق ..

لي أمنية أريد أن أضع يدي على خدك الحنون لا أعلم لما ولكنها يدي تشتاق لفعل ذلك ..

إنها رغبة صحت هذا الصباح ..

يدي تكتب لك وتحبك وتحن لك

أحبك يا عهدي الغرام والهوى ..

قلبي مقبوض

عهدي قلبي مقبوض ويؤلمني بشدة ..

ولا أعلم السبب ..

ولكن الألم شديد

فهل أنت زعلان مني ؟

أو ما الذي يحدث ؟

يا عهدي أظن..

أظن..

أنني لست بخير ..

أدعو الله أن تكون أنت بخير ..

قلبي لم يتعود أن يؤلمني بلا سبب ..

عهدي إن توقف هذا القلب أريدك أن تعرف أنني أحببتك حتى آخر نبض فيه ..

واعلم أنك كنت مالكه دائما ..

واعلم أنني أحببتك بشدة وقوة بكل جهدي وإرادتي وما ملكت في حياتي ..

سأتمنى لك ليلة سعيدة ودمت في رعاية الله ..

عهدي أحبك ..

تصبح على حب ..

عظيم شوقي لك

عهدي حبيبي يا عظيم شوقي لك ..

ويا خوفي من زمن قد لا يرحم ..

ويا خوفي من اليوم والغد ..

يا خوفي حتى من الثواني بدونك ..

أنا خائفة كثيرا ..

وأخاف من ..

لا أدري ..

من كل شيء ..

عهدي أريدك بجانبي وأريد أن أكون بجانبك دموع الخوف تخنقني ..

مساء الحب

يا أشعة الشمس

يا شمس

يا نبض القلب

يا قلب

مساء الحب

كيف أنت ؟

عهدي حبيبي اشتقت لك ..

عهدي أريد أن أساك كيف أنت؟

عهدي حبيبي ..

حبيبي اشتقت لك ..

عهدي أريد أن أسألك كيف أنت ؟

وأعرف أن سؤالي لن يجد جوابا ..

أريد أن أسألك أين أنت ؟

وأعرف أن سؤالي لن يجد جوابا ..

أريد أن أسألك مع من أنت ؟

وماذا تفعل ؟

أسئلة كثيرة أريد طرحها وأريد أن أعرف تفاصيل
يومك وساعاتك ..

أريد أن أشاركك فرحك راحتك وتعبك ولكن أعرف أن
أسئلتي لن تجد أجوبة ..

حبيبي من لهفتي وشوقي أريد أن أكون معك حتى و لو
في أفكارك ..

عهدي أحبك ليتك تحس بهذا الحب ..

أسئلة كثيرة تراودني وتدور ببالي ..

أريد أن أعرف إن كنت جزء من تفكيرك ومن قلبك يا
كل أفكاري وصميم قلبي والنبض ..

الله يعين العاشق المشتاق ..

فالله هو من رزقنا الحب ندعو الله أن يرزقنا الصبر
والقوة على قدر حبنا لأجل حبنا ..

من أنا ؟

من أنا ؟

عهدي ..

من أنا ؟ ..

من أنا بالنسبة لك ؟ ..

هل لي مكان في قلبك ؟ ..

هل أنتمي لك ؟ ..

هل أنا جزء من أفكارك ؟ ..

كم أشغل من يومك ؟ ..

هل تذكرني في الليالي ؟ ..

هل لي نصيب في أحلامك ونومك ؟ .. ..

يا حيرتي وكثرة تفكيري .. ..

عهدي ....

عهدي حبيبي أرجو من السماء أن تمطر أجوبة وحنين

على أرض أفكاري وأسئلتي ....

عهدي حبيبي أرجوك هلّا أجبتني .....

من أنا ؟ ..

من أنا في حياتك ؟

هل أنا في حياتك ؟.. ....

أرجوك يا **عهدي** ..

من أنا ؟ ..

ثلج المسافة

يا عهدي.. يا حبيبي ..

ليت ثلج المسافة يذوب ويختفي لتظهر مروج ربيع الحب الخضراء وتزهر ورود الغرام في بستان الهوى..

عهدي هل تذكر كوخ الجبل ؟

عهدي حبيبي القلب يشتاق ويشتاق يا بلسمي والترياق..

عهدي أحبك و ... ..

عاشق الخيل

عهدي قلبي لا ينام ينبض بالحب لك طول الليالي
والأيام .. ..

يا عهدي يا عاشق الخيل هل هناك مكان في قلبك
لعشقي؟ ..

عاشقتك أنا فهل أنت عاشقي؟ ..

عهدي وعهد الحب .. الحب لا يطرق أبواب القلوب
فهل خلق الحب في قلبك أو صحى من سباته منذ أن
خلق في جنة النعيم ..

أو أن الحب واقف على باب قلبك ينتظر ؟ ..

يجب أن يكون الحب من مكونات القلب مخلوق فيه
وإن كان نائما منذ زمن فيه ..

الحب لا يطرق أبواب القلوب ..

فأين حبي من قلبك ؟

وأين أنا منه ؟ ..

إلى متى ؟

إلى متى ؟

يا عهدي يا حبيب هذا القلب .. يا عهدي يا أيها الحبيب
البعيد القريب ..

اتخذتك حبيبا فهل أنا لك حبيب ؟ ..

عهدي.. اليوم أسئلتي كثيرة ولم تترك مجالا لأي
حرف آخر ليكتب ..

ولكني أعرف أن أسئلتي بلا أجوبة ..

ورغم ذلك هي تطرح نفسها ... .

فإلى متى ؟ ..

إلى متى ؟ ..

عهدي أيها الحبيب العزيز ..

هناك شيئا ما

عهدي حبيبي وحبيب قلبي ..

عهدي قلبي يشعر بأن هناك شيئا ما ..

ولا يمكنني أن أعرف ما هو ..

عهدي قلبي يوجعني ..

ولا يحدثني ..

أعتقد أنه تائه أو مرهق و تعبان ..

عهدي قلبي مقبوض ..

أين أنت يا عهدي ؟ ..

لك حنيني

عهدي .. عهدي كيف أنت ؟

ما حال قلبك حبيبي ؟

فقلبي في شوق لك ..

ولهفة عليك يا حبيب القلب ..

عهدي حبيبي هل اشتقت لي ؟ ..

عهدي حبيبي اشتقت لك يا عمري وحياتي ..

عهدي لك كل حنيني ..

هل تحبني ؟

يا عهدي الحبيب ..
هل تحبني ؟ ..
أيها الحبيب ..
هل تحبني ؟

لماذا ؟

حبيبي

حبيبي لماذا ؟

كلمة واحدة..

تختصر كل الأسئلة

لماذا؟

حبيبي لماذا؟

صباح الهنا

عهدي صباح الخير ..

صباح الهنا ..

صباح الحب ..

صباح الحب يا حب..

الظروف..

عهدي الظروف من حولي ترهقتي ..

وأحيانا عنك تبعدني ..

تحاول هذه الصعاب من حولي أن تجعلني أيأس من حبك وأن أترك ..

أحيانا أصبر على كل أحوال الدنيا وأحيانا من كل شيء أتعب ..

وكأن الناس من حولي متآمرون على قتل قلبي وقتل حبي وقتلي ..

وأنا لا أملك حيلة أو فكرة لكي منهم ومن أفكا هم أن أهرب ..

أحيانا حبيبتك تصاب بالإرهاق ومن الجميع تتعب ..

عهدي حبيبي أنت تعيش في قلبي وقلبي يصبر على كل شيء ولكن التعب ليس بيدي فأحيانا أتعب ..

أتمنى أن أموت في حبك ..

أن أموت من الحب والعشق ..

أتمنى أن أموت حتى من الشوق ..

ولا أن أموت من دونك أو بأي ظرف آخر ..

تعبانة فهل حضنك يستقبلني ..

ولكن أين هو حضنك عني ؟..

Sommaire